Pour Ames et Morgins
M. S.

A mon père
B. R.

Traduit de l'américain par Nicolas Dupin

Édition originale parue sous le titre :
« The Singing fir Tree »
aux Éditions GP Putman's Son's
Publié en français en accord avec GP Putman's
une division de Putnam et Grosset Group
© 1992 Marti Stone pour le texte
© 1992 Barry Root pour les illustrations
© 1994 Calligram
© 1996 Calligram pour la présente édition
Tous droits réservés
Imprimé en CEE
ISBN : 2-88445-292-3

L'Arbre qui chante

Raconté par Marti Stone
Illustré par Barry Root

CALLIGRAM

CHRISTIAN GALLIMARD

Pierre, le menuisier, ne tenait plus
en place. Les jouets, les boîtes
et les bougeoirs en bois qu'il sculptait
étaient très recherchés
par les habitants de sa ville,
mais il voulait réaliser quelque chose
d'exceptionnel, qui le rendrait célèbre
dans toute la Suisse.
Pierre ignorait encore
ce qu'il allait fabriquer, mais il savait
que pour créer son chef-d'œuvre,
il lui fallait vivre dans un petit village
tranquille, haut dans les montagnes,
là où poussaient les plus beaux arbres.

Un beau jour donc, il glissa ses outils
et quelques affaires dans son sac à dos,
et partit à cheval par les sentiers
tortueux, jusqu'à ce qu'il trouve
un village de montagne
où l'on avait besoin d'un menuisier.
– Tu peux installer ton atelier à l'étage,
lui dit un boulanger. Je te donnerai
tout le pain que tu veux,
si tu me fabriques de nouvelles étagères
et des cache-pots pour décorer
ma boulangerie.
Pierre s'acquitta rapidement
de sa tâche. Le boulanger fut si content
de son travail qu'il le recommanda
aussitôt à tous ses amis.
Pierre eut bientôt beaucoup
de commandes, mais il n'oubliait pas
la raison qui l'avait amené au village.

Chaque après-midi, il parcourait
la forêt à pied, à la recherche
d'un arbre dont le bois lui
conviendrait. L'après-midi, Cédric,
le fils du boulanger, accompagnait
Pierre dans ses promenades.
– Que vas-tu fabriquer ? lui demanda
un jour Cédric.
– Ça, je ne peux pas te le dire,
car je n'en sais encore rien moi-même,
mais ce sera quelque chose de grand
et de splendide, répondit Pierre.
A cet instant précis, la cloche
du village sonna. Pierre s'arrêta net.
– Je vais fabriquer un magnifique
clocher en bois sculpté pour abriter
l'horloge du village, s'exclama-t-il.
Les gens viendront de partout
pour admirer mon travail.

Chaque jour, Cédric rendait visite
à Pierre dans son atelier et le regardait
sculpter un modèle réduit du clocher.
Parfois, il apportait des petits pains
au lait tout chauds,
et Pierre faisait du thé.
Certains jours, au contraire,
le menuisier ne levait même pas
les yeux quand le petit garçon entrait.
Alors, assis dans un coin de la pièce,
Cédric se contentait de le regarder
travailler, en chantonnant à voix basse
pour se retenir de lui poser des questions.

Un soir, Pierre travailla tard
dans la nuit et crut entendre,
venant de la forêt, la chanson que
Cédric avait l'habitude de fredonner.
« Serait-ce Cédric ? se demanda-t-il.
Mais non, c'est impossible à cette
heure-ci. » Il sortit alors sur le balcon
pour mieux écouter.
– Mon imagination me joue des tours,
murmura Pierre. Et il retourna
à son établi. Le lendemain matin,
Pierre entendit à nouveau la chanson
qui semblait venir de la forêt.
« Il faut que je sache qui chante aussi
joliment », pensa-t-il. Il prit donc
un chemin escarpé et monta de plus
en plus haut, se laissant guider par
la chanson. Mais le vent le désorienta,
et il ne rencontra personne
qui chantait.

Les jours suivants, Pierre entendit souvent cette musique. Finalement, n'y tenant plus, il en parla à Cédric.

– C'est une question idiote, dit Pierre, mais qui donc chante dans la forêt ?

– Viens avec moi, répondit Cédric en souriant.

Et il guida Pierre le long du ruisseau, jusqu'à une clairière à demi cachée par la forêt. Dans un coin se dressait un très vieux pin tordu par les bourrasques. L'arbre chantait au gré du vent comme si tous les oiseaux de la montagne étaient perchés sur ses branches.

– Quand le vent souffle dans la bonne direction, on entend la chanson du vieux pin jusqu'au village, expliqua Cédric.

Pierre écouta, puis s'approcha du tronc
noueux et le caressa. Il travaillait
le bois depuis longtemps, mais
il n'en avait jamais touché d'aussi beau.
– Enfin ! J'ai trouvé ce que
je cherchais : le bois pour réaliser
mon chef-d'œuvre, s'exclama Pierre.
Cédric eut soudain l'air horrifié.
– Non ! dit-il. Tu n'as pas le droit
de couper cet arbre.
Il fait partie de notre village.
Il est ici depuis toujours.
Il chantait déjà quand mon grand-père
n'était qu'un petit garçon.
– Mais non, bien sûr, je ne le couperai
pas, répliqua Pierre rapidement.
Mais il rêvait déjà de tenir à nouveau
le bois du vieux pin entre ses mains.

Après cette découverte,
Pierre ne parvint pas à se remettre
au travail, car il pensait sans cesse
à l'arbre. Il laissait ses outils posés
sur l'établi et se contentait de battre
la mesure, au rythme de la chanson.
Quel magnifique clocher
il allait pouvoir fabriquer !
Il ne voulait pas arracher l'arbre
à la forêt, mais aucun autre bois
ne ferait l'affaire.

Il décida d'en parler aux habitants
du village.

– Non ! Jamais ! dirent les villageois.
Nous aimerions beaucoup avoir
un nouveau clocher,
mais il te faut trouver un autre arbre.
Cependant, Pierre avait déjà pris
sa décision, et il trouva un moyen
de dérober l'arbre aux villageois
à leur insu.
Il se rendit au marché et acheta
un magnifique troupeau
de vaches suisses.
Il accrocha une grosse cloche
au cou de chacune et écouta :
les cloches tintaient chaque fois
que les vaches bougeaient.

Il conduisit alors son troupeau
près de la forêt.

« Avec le vacarme que font toutes ces
cloches, personne ne pourra entendre
la musique d'un seul pin, pensa Pierre.
Comme ça, l'arbre ne manquera pas
aux villageois, d'ici à ce que j'aie fini
mon chef-d'œuvre. Et quand ils
verront mon clocher, ils en oublieront
complètement ce vieux pin. »

Mais quand le vent souffla dans
la bonne direction et que le vieil arbre
se mit à chanter, les vaches cessèrent
de brouter pour écouter, et leurs
cloches se turent.

Pierre était vraiment déçu.
Il essaya d'oublier le vieux pin
et de fabriquer d'autres objets.
Mais plus il s'y efforçait, plus il rêvait
de travailler son bois extraordinaire.
Il eut alors une nouvelle idée.
Il attendit une nuit d'orage
bien venteuse, puis il prit sa hache
d'une main, sa lanterne de l'autre,
et grimpa jusqu'à la forêt. Il voulait
couper le vieux pin et faire croire aux
villageois que l'orage l'avait déraciné.
Mais à la première entaille, une sève
épaisse et collante suinta de son tronc
et englua la hache et les mains
de Pierre. Impossible de continuer,
ni même de tenir la lanterne !
Pierre rentra donc chez lui
en trébuchant dans le noir.

Ses mains étaient devenues
si poisseuses qu'il ne put travailler
de toute la semaine...
Pierre était furieux.
Il regarda vers la forêt et pensa :
« Ça suffit ! Je veux cet arbre ! »
Son cheval broutait en contrebas.
Pierre alla au fond de son atelier
et prit une grosse corde.
Pendant que les villageois étaient
occupés à déjeuner, il fit monter
son cheval jusqu'à la clairière.
– Eh bien, mon ami, dit Pierre à son
cheval, à nous deux, nous devrions être
capables d'abattre ce vieil arbre.
Il noua un bout de la corde à la selle
du cheval, et l'autre au tronc du pin.
– Tirons de toutes nos forces !
s'écria Pierre.

Le cheval se tourna pour obéir,
puis s'arrêta et leva la tête. Le vieux
pin chantait dans le vent. Pierre tira
à nouveau sur la corde, mais le cheval
écoutait la musique et refusait
d'avancer. Pierre entendit alors
des voix qui montaient du village.
C'étaient les enfants qui fredonnaient
la chanson de l'arbre,
et il reconnut la voix de Cédric.
– Qu'allais-je faire ! s'exclama-t-il.
Cette chanson est bien plus belle
que tous les clochers que je pourrai
jamais fabriquer !
Quand la musique s'arrêta,
il dénoua la corde pour rentrer.
Il découvrit alors sur son chemin
des branches tombées du vieil arbre.
Il les ramassa et les rapporta
à son atelier.

Le lendemain matin, Pierre déposa
les branches sur son établi.
Au moment où il se mettait au travail,
Cédric entra. Il lui apportait du pain
à peine sorti du four.
– Tu t'es remis au travail !
Que vas-tu fabriquer maintenant ?
demanda Cédric.
– Ça, je ne peux pas te le dire, parce
que je ne le sais pas encore moi-même,
lui répondit Pierre.
Attendons de voir ce que mes mains
décideront de sculpter.

Quelques heures plus tard, il avait
une pile d'oiseaux en bois devant lui.
– Des cadeaux offerts par l'arbre, dit-il.
Choisis un oiseau pour toi, et donne
les autres à tous les enfants du village.
Ce soir-là, le vent apporta la mélodie
familière jusque chez Pierre.
Mais la musique semblait différente.
Il sortit sur son balcon pour écouter.
Les enfants étaient rassemblés
et leurs oiseaux de bois chantaient
tous la jolie mélodie du vieux pin.
Et de là-haut, le vieux pin tout tordu
leur répondait.

NOTE DE L'ÉDITEUR

Il y a quelques années, Marti Stone
a passé plusieurs mois en Suisse.
Près de son chalet, se dressait
un pin magnifique. Il ne chantait pas
mais il lui livrait des messages
et Marti lui a même donné un nom.
Le pin lui parlait du profond respect
et de l'amour que les Suisses
ont pour la beauté naturelle de leur pays.
Un pays où depuis des siècles,
l'homme sculpte le bois avec respect,
car il respecte la nature.
À son retour aux Etats-Unis,
le pin parlait toujours à Marti.
Quand, par hasard, elle découvrit
un conte suisse racontant l'histoire
d'un homme sculptant un bois magique,
elle comprit qu'elle devait
aller au bout de sa propre histoire
et écrire le conte de son pin.

PETITE BIBLIOTHÈQUE CALLIGRAM
Les contes